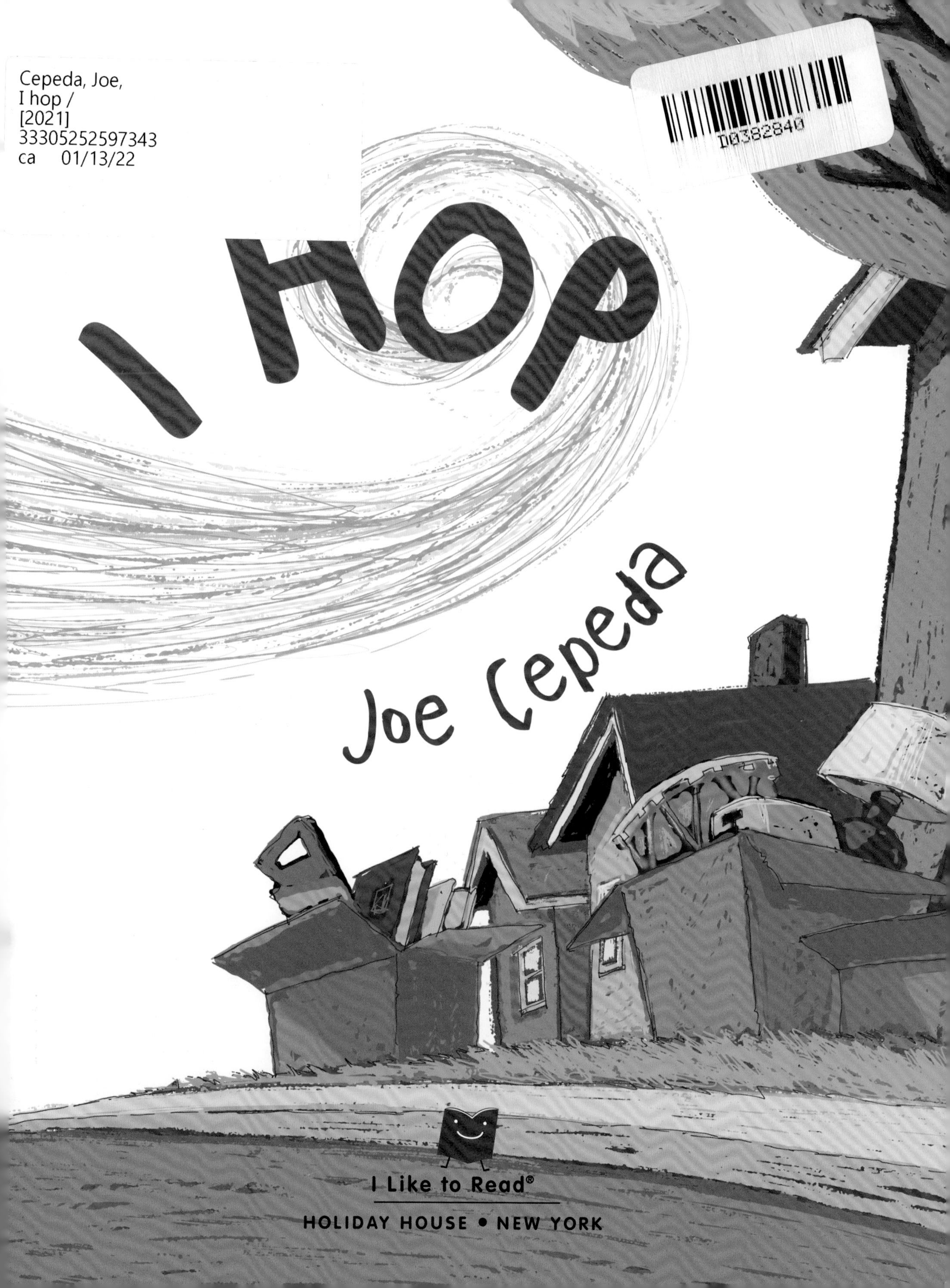

I Hop

Joe Cepeda

I Like to Read®
HOLIDAY HOUSE • NEW YORK

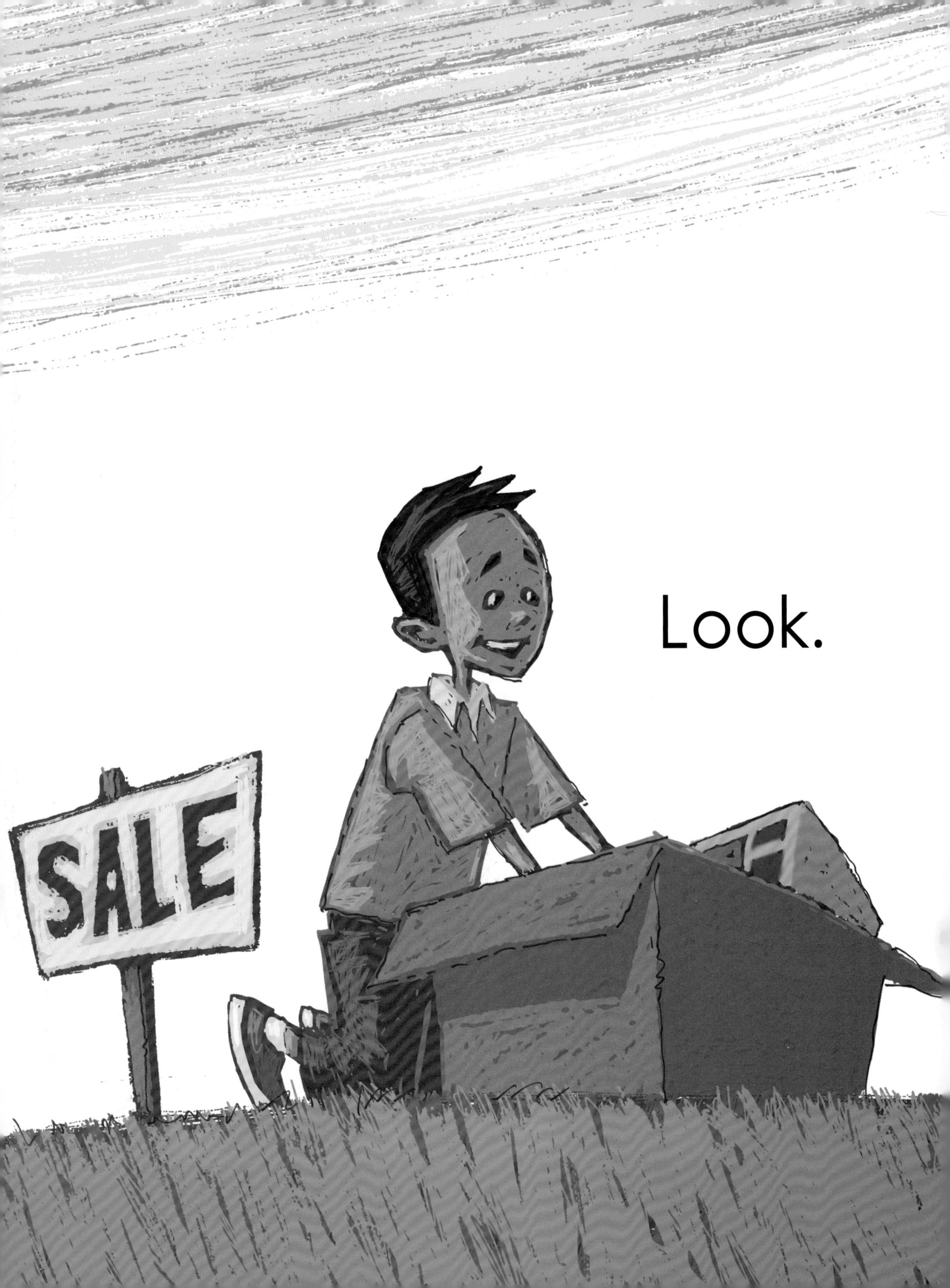

Look.

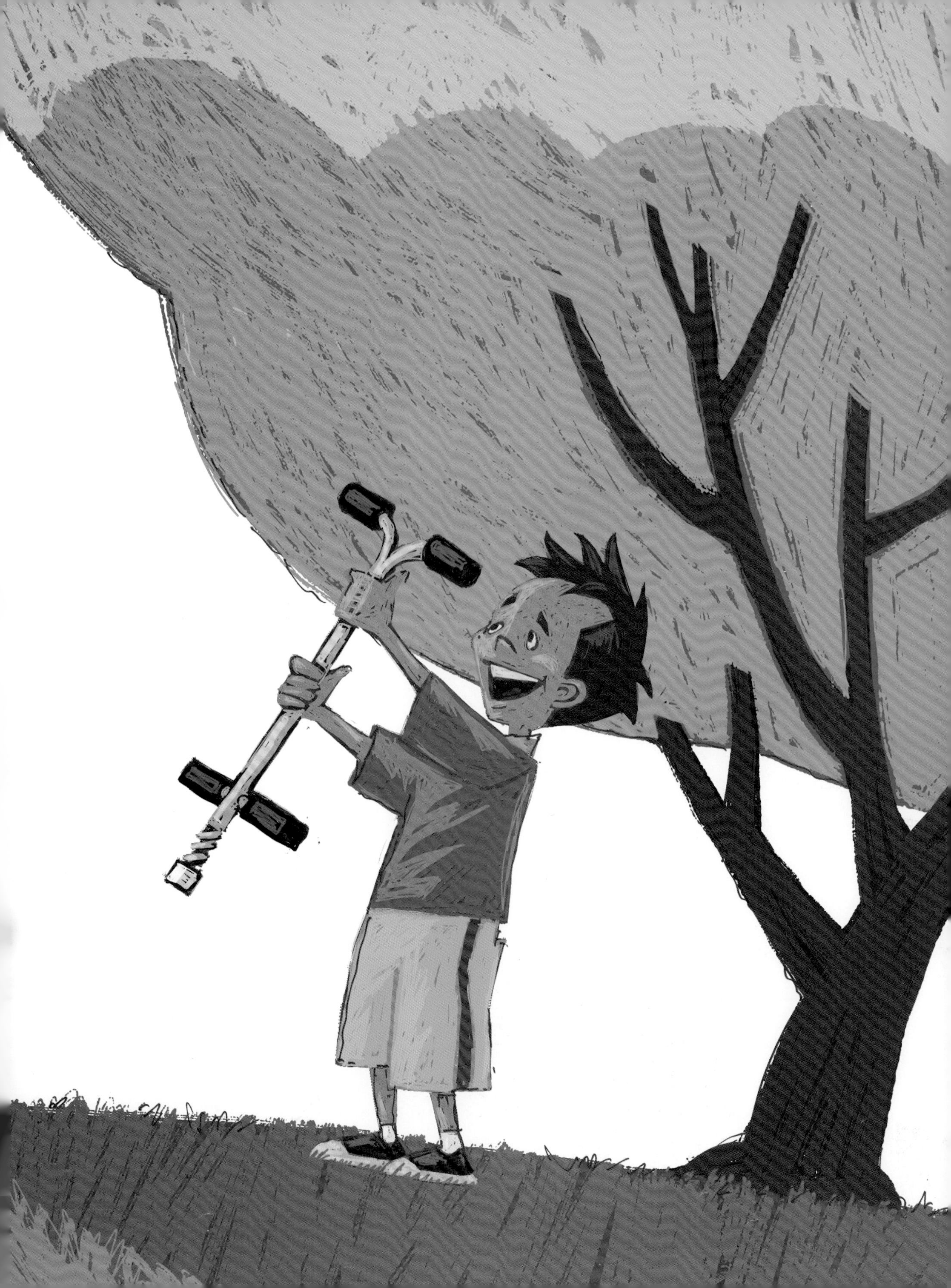

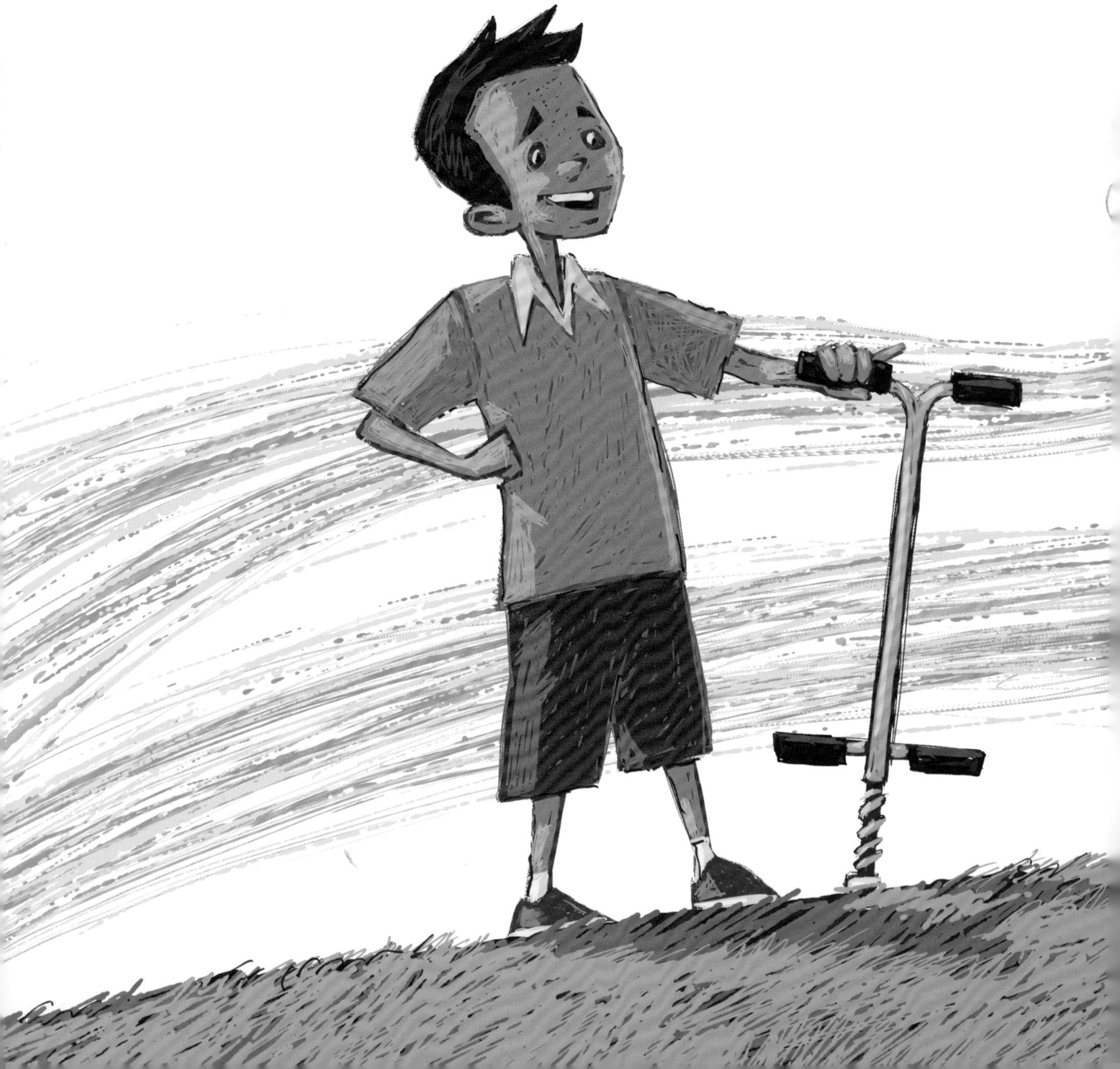

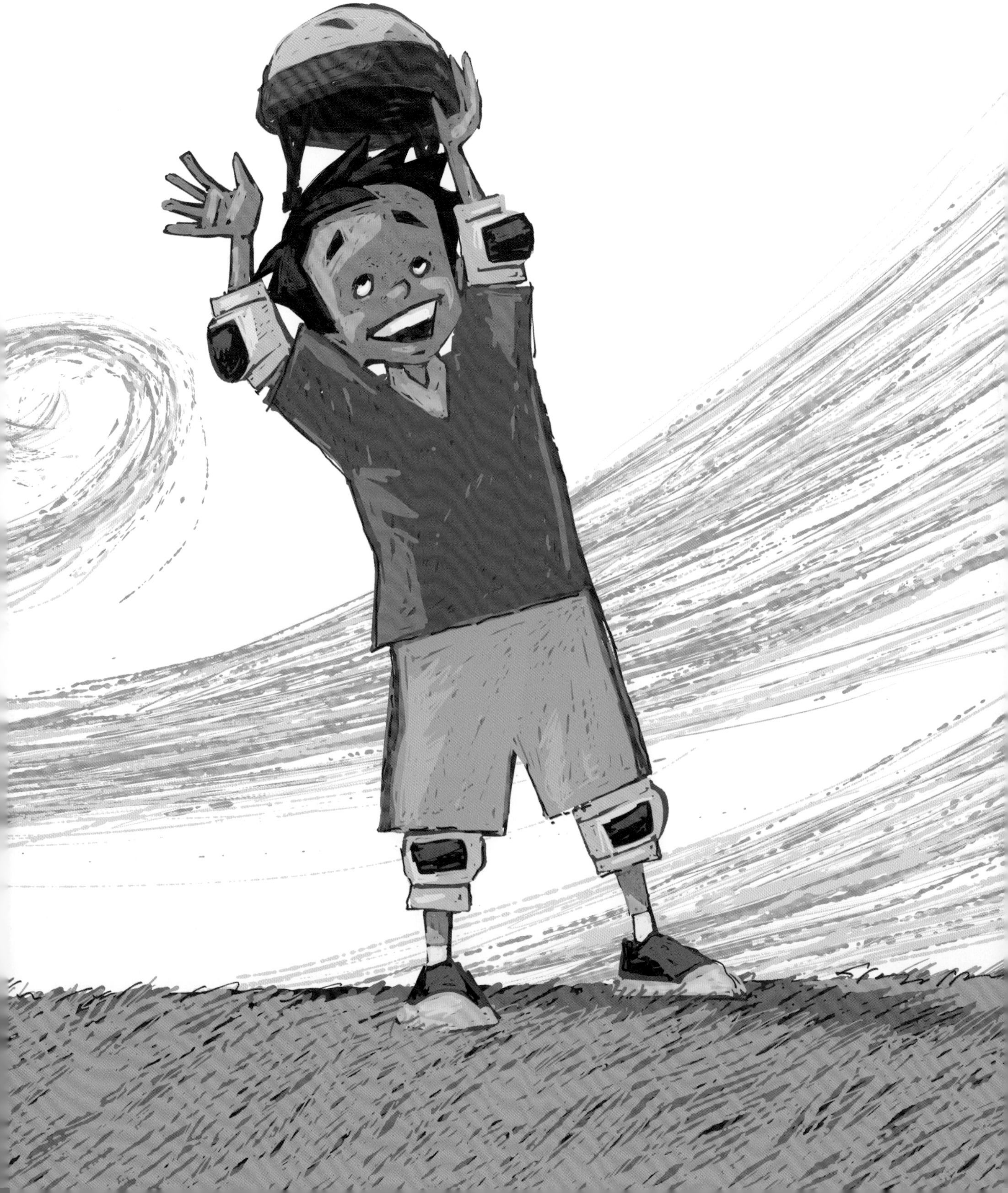

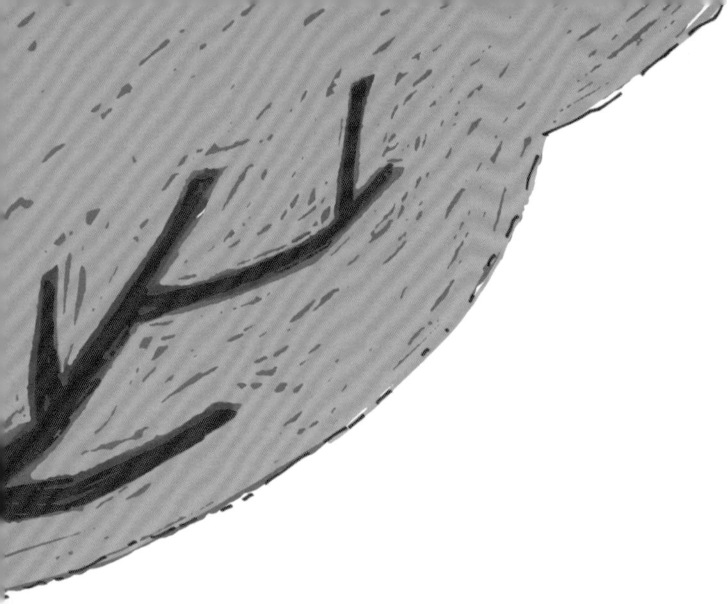

I hop.

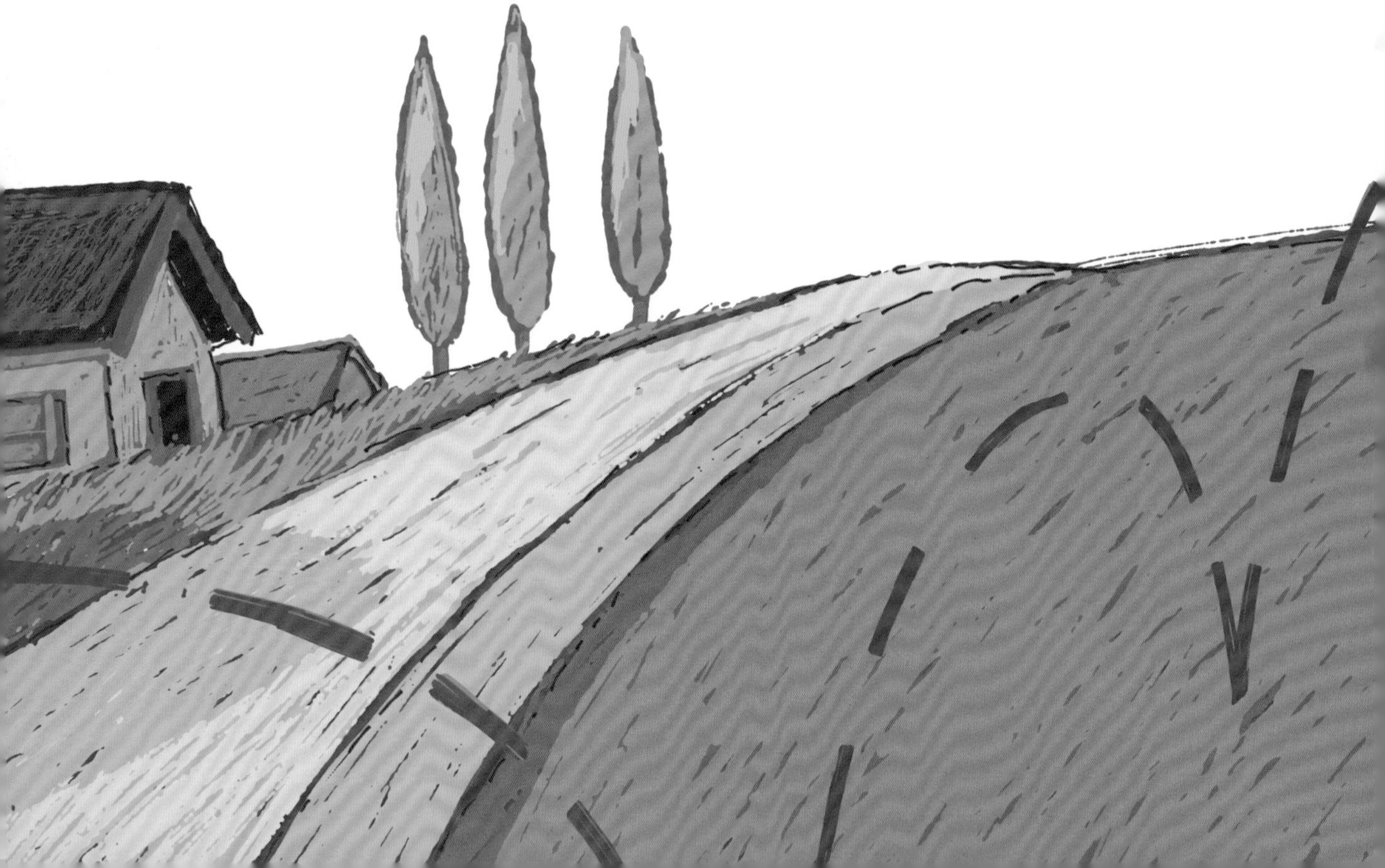

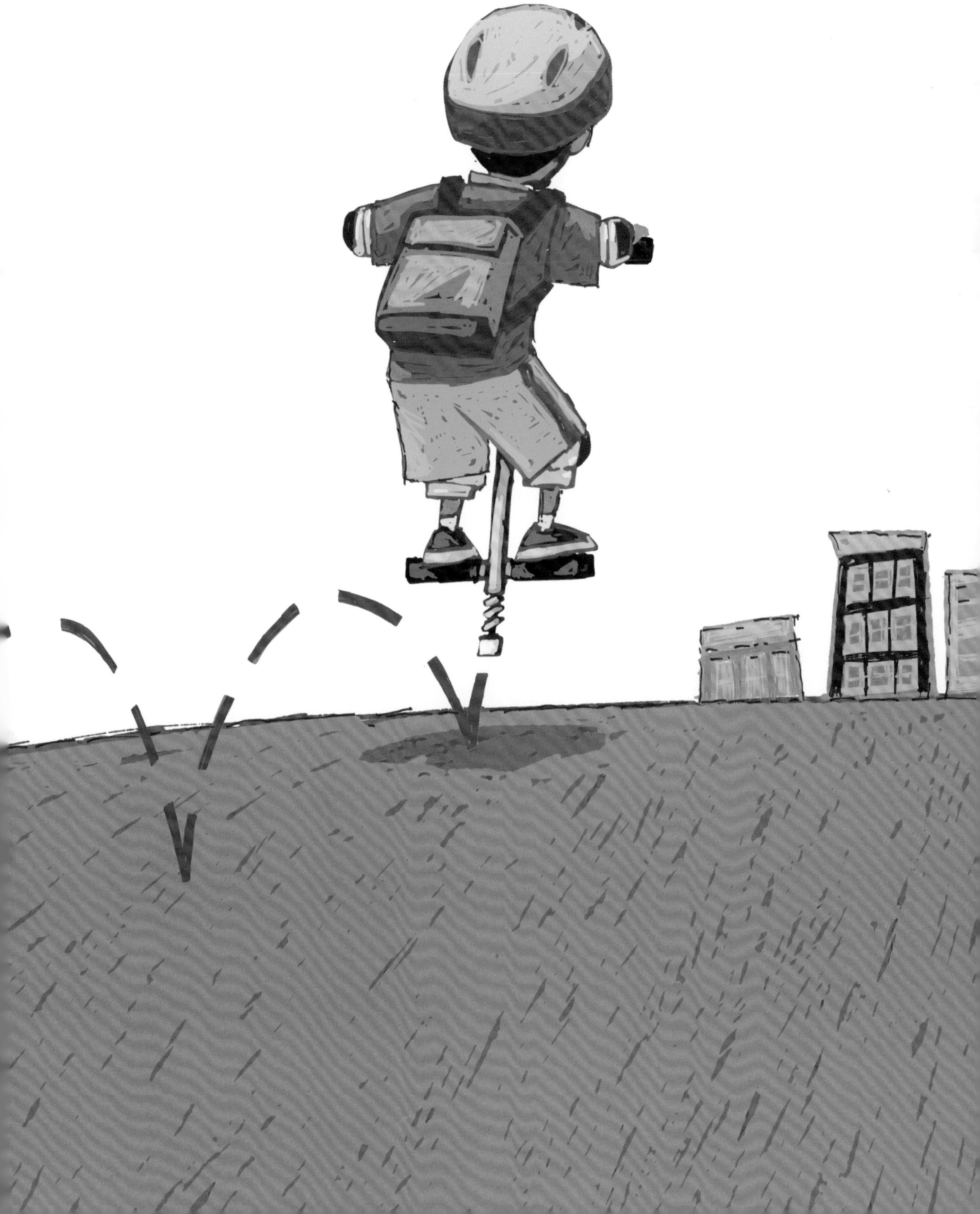

I fall.

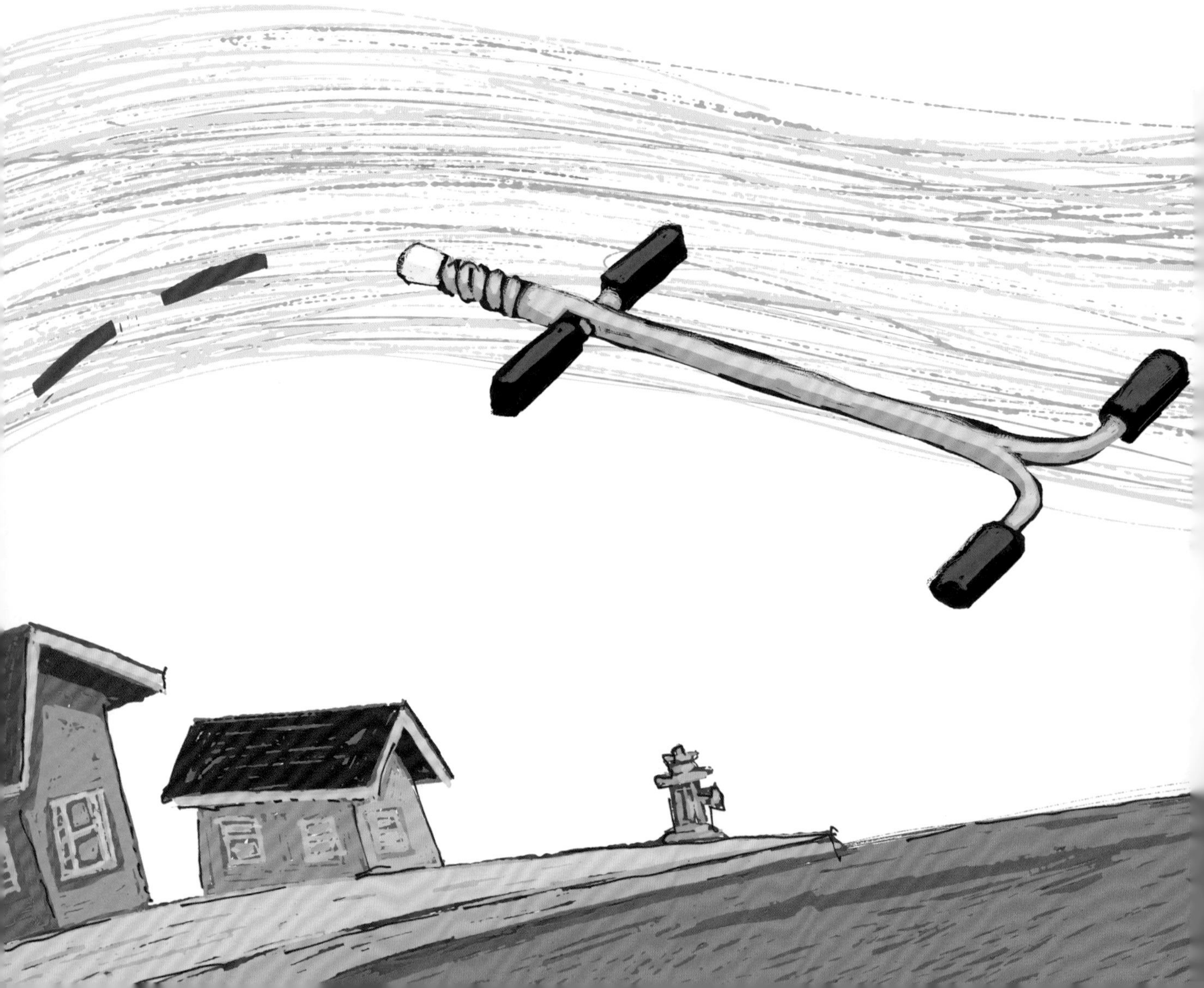

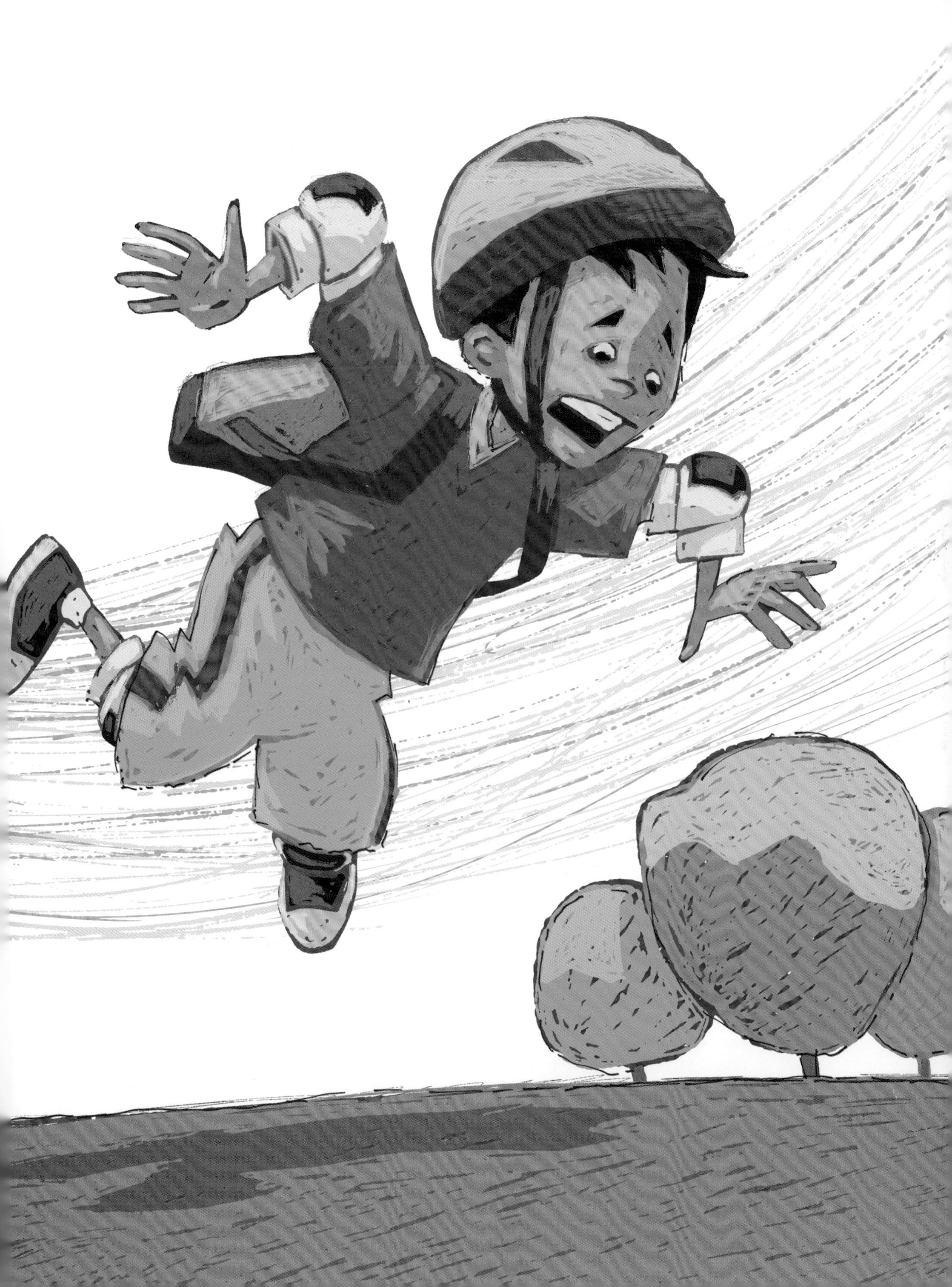

I hop.

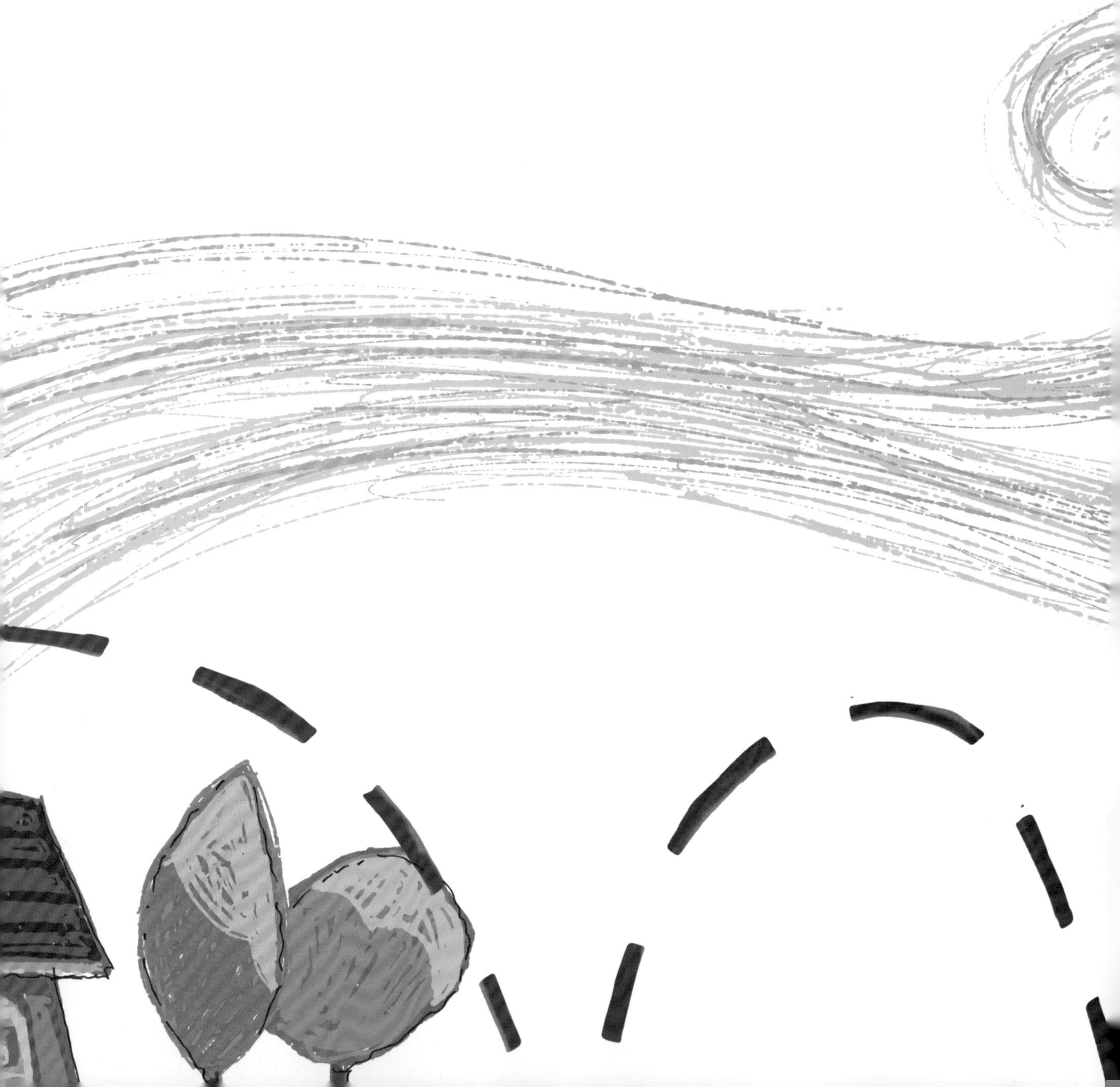

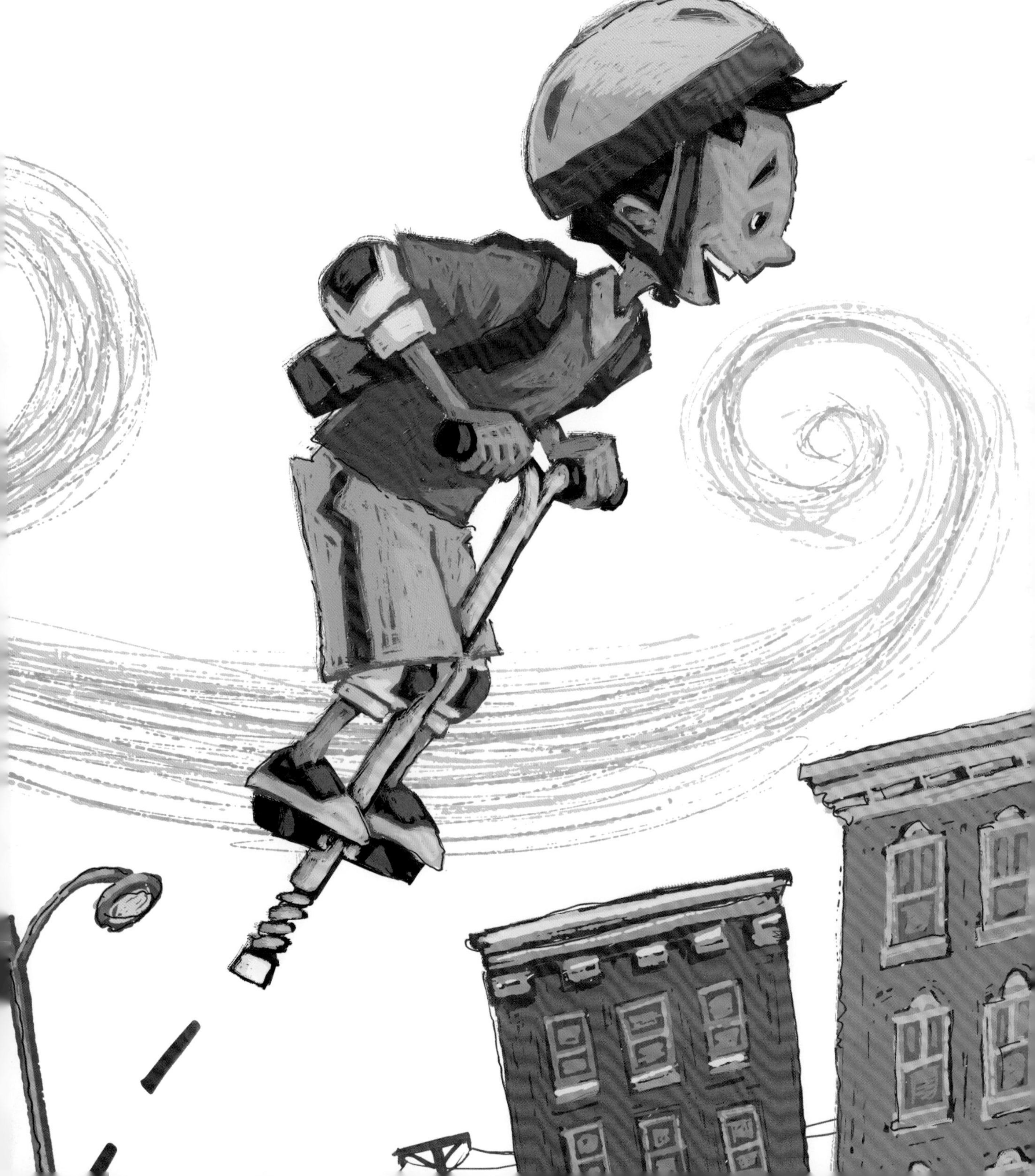

I see cheese.

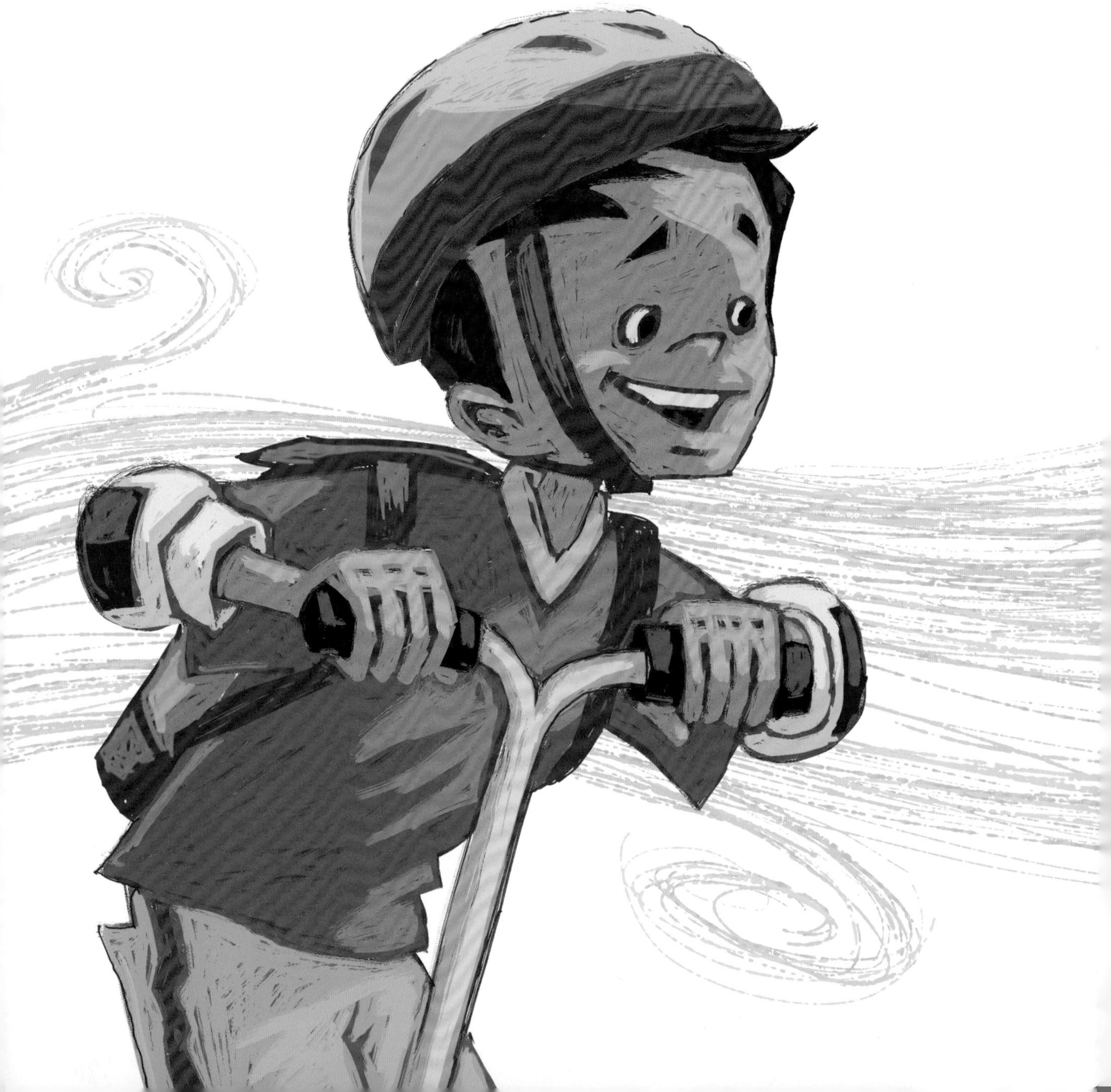

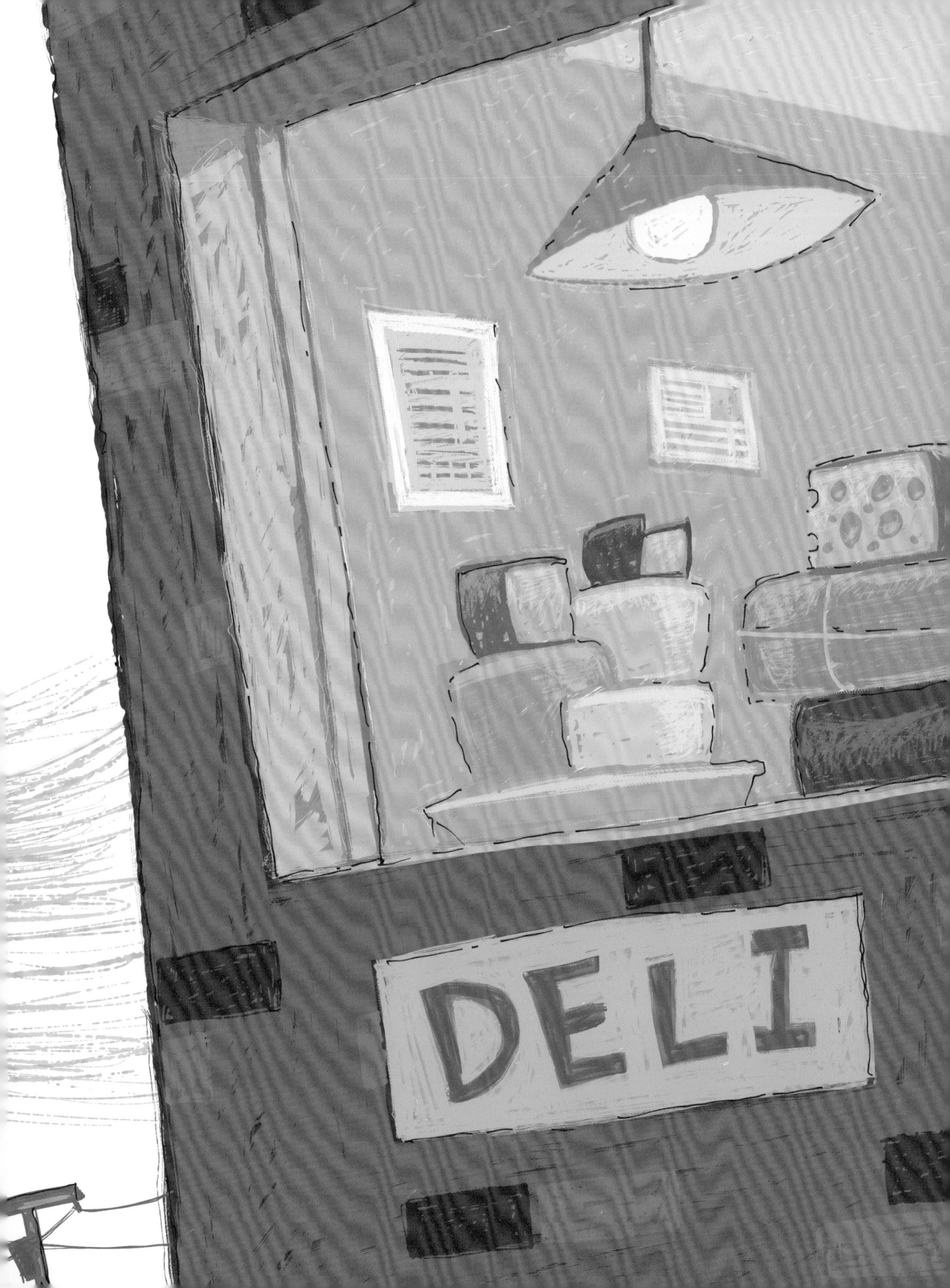
DELI

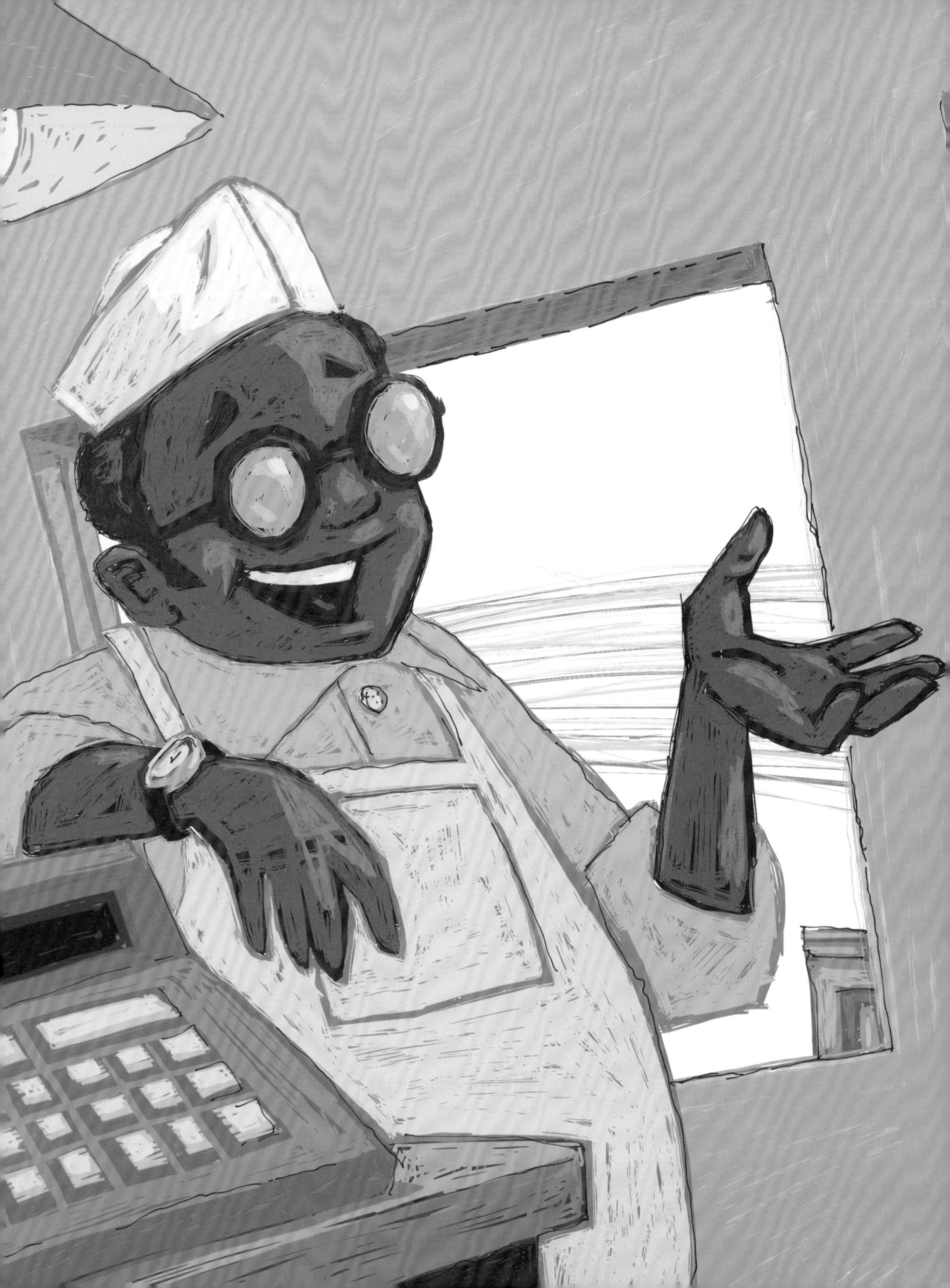

I pay.

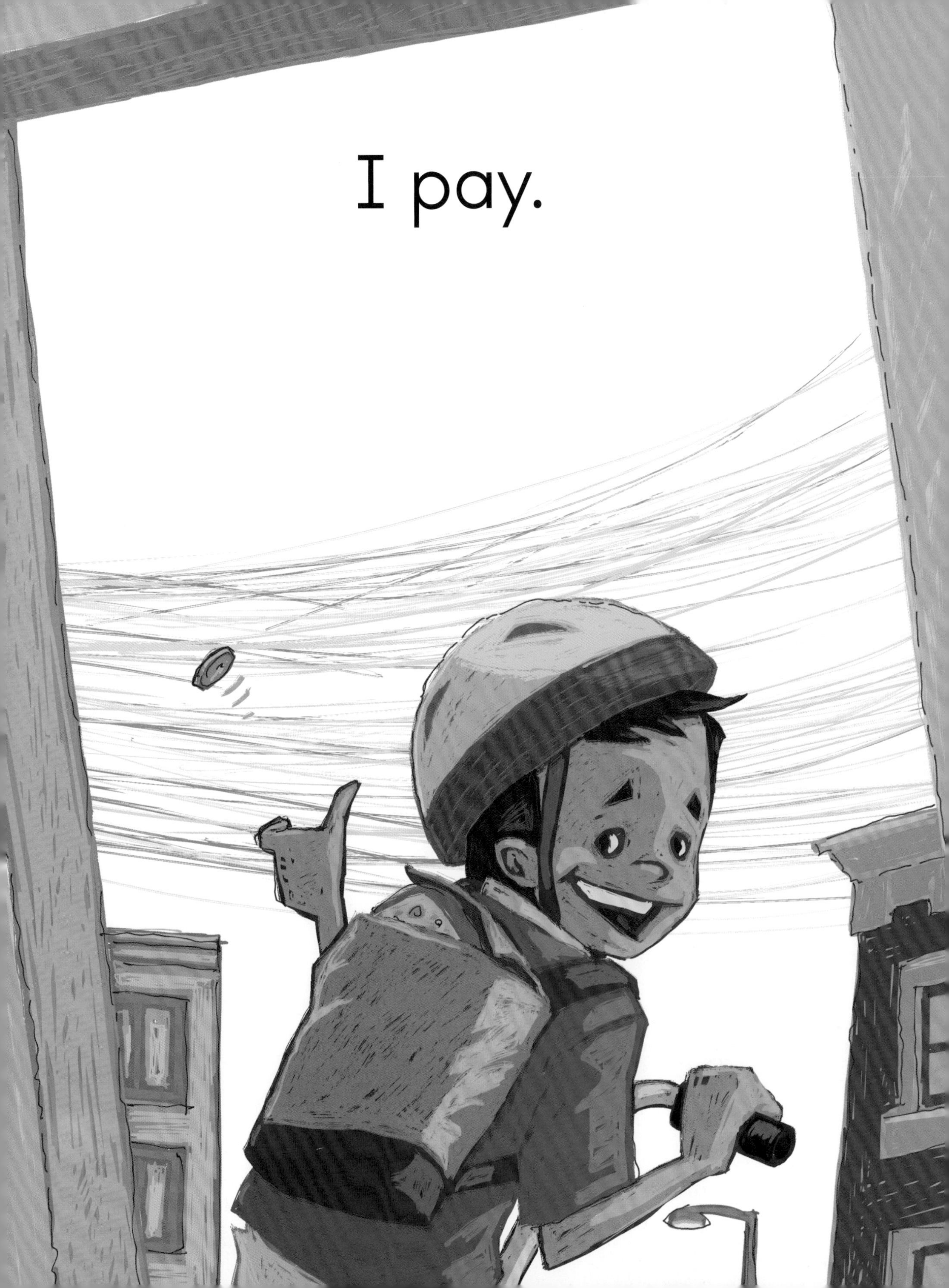

I see apples.

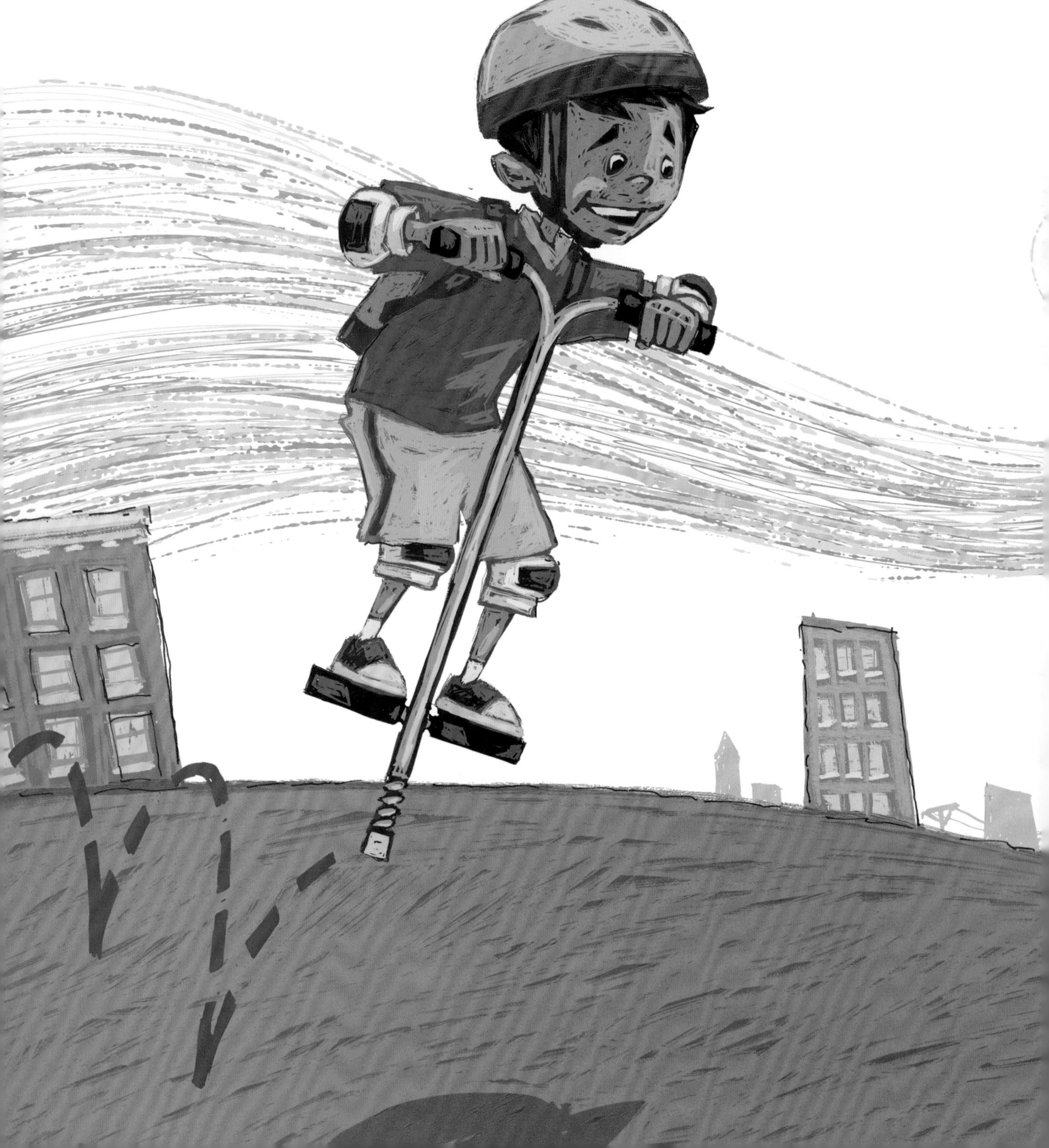

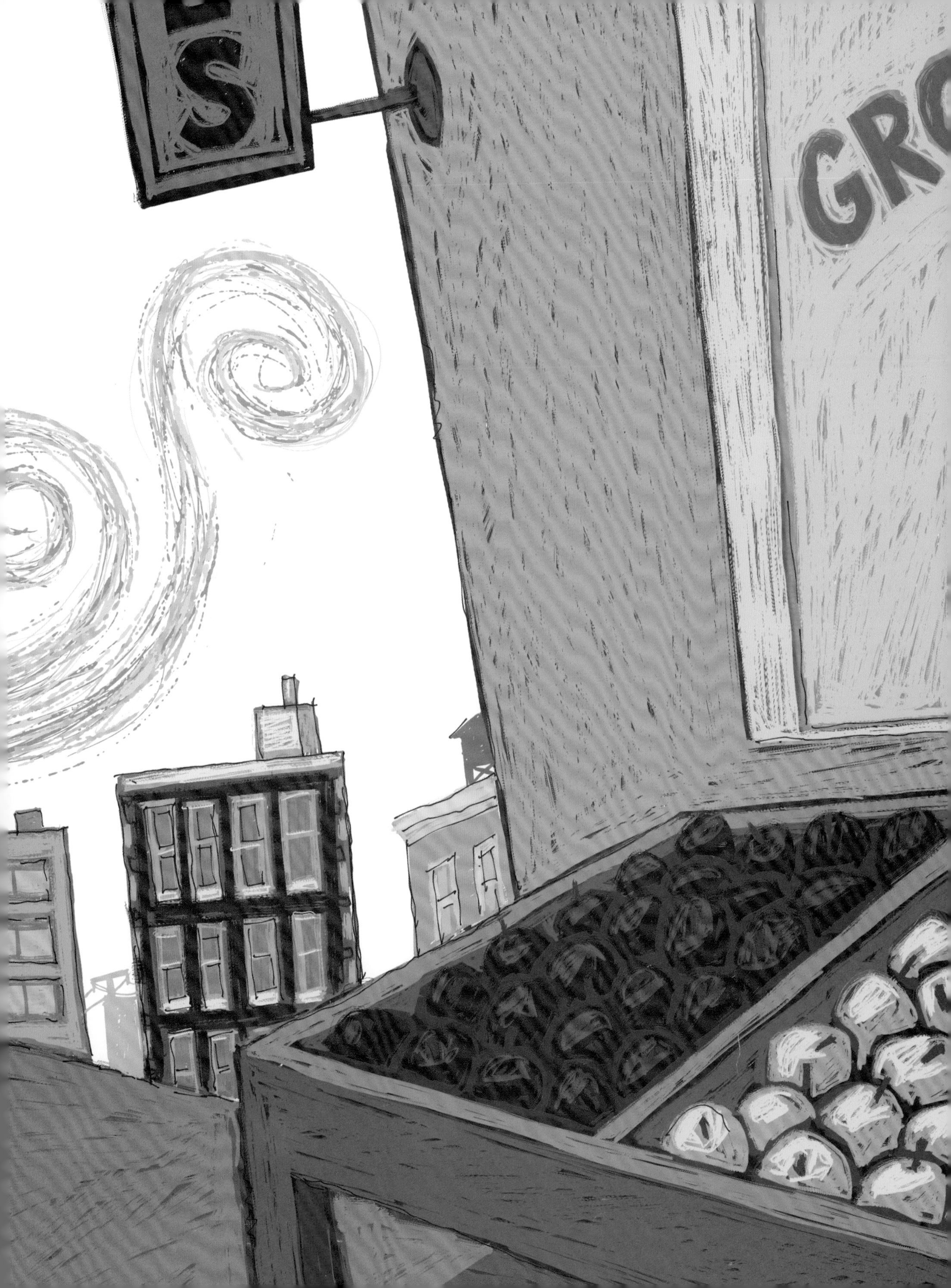
S
GRO

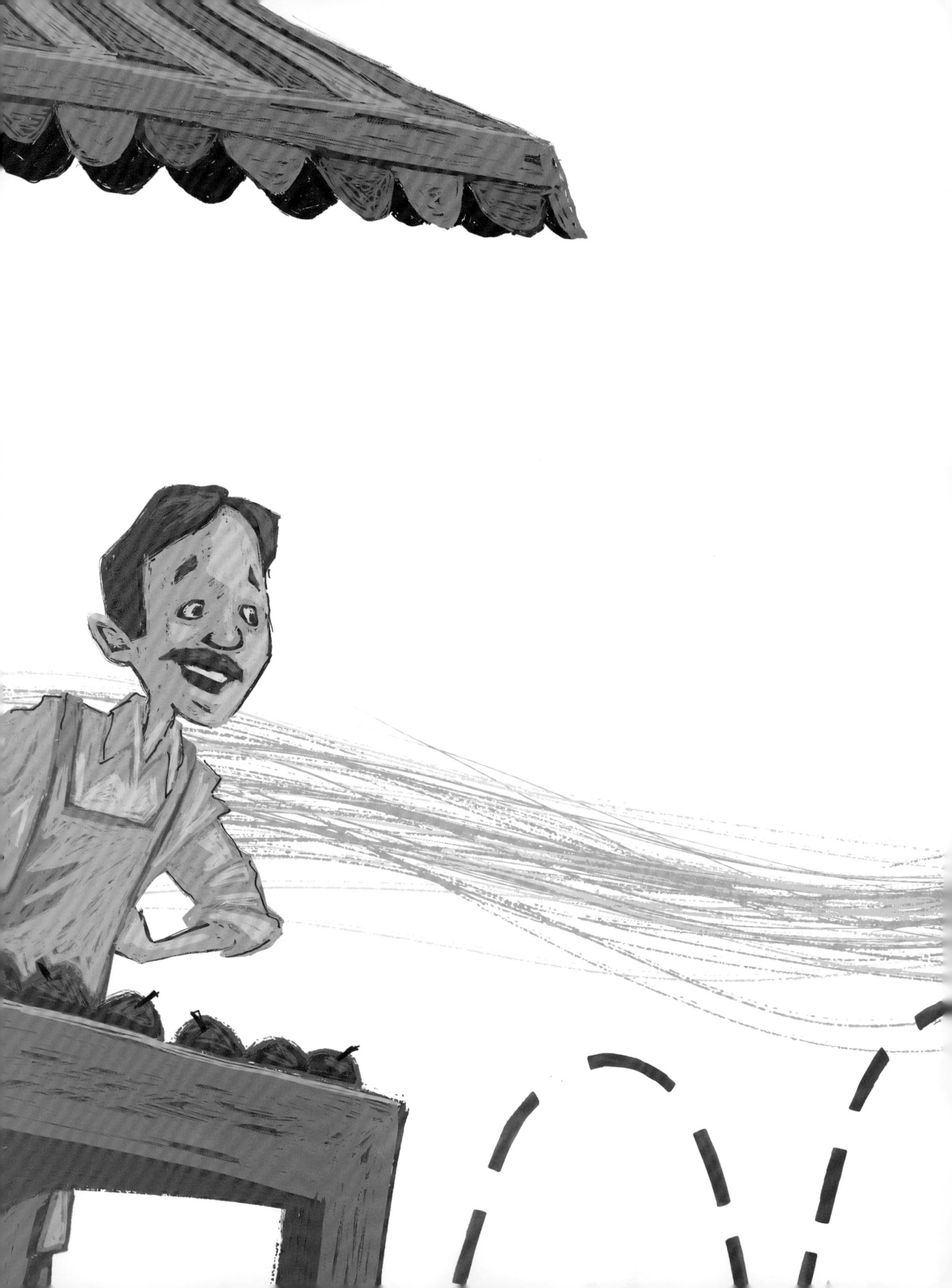

I hop.

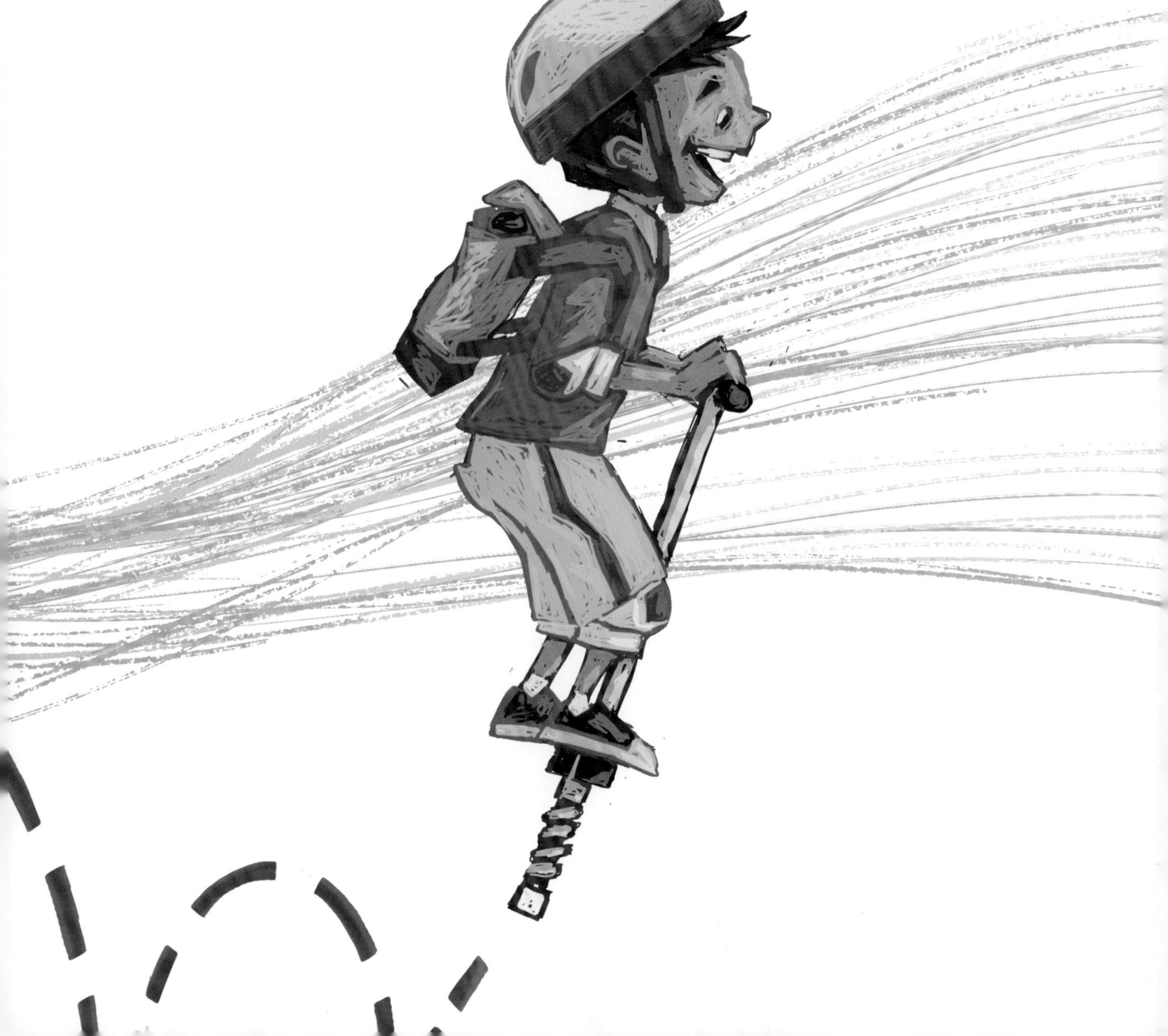

I see bread.

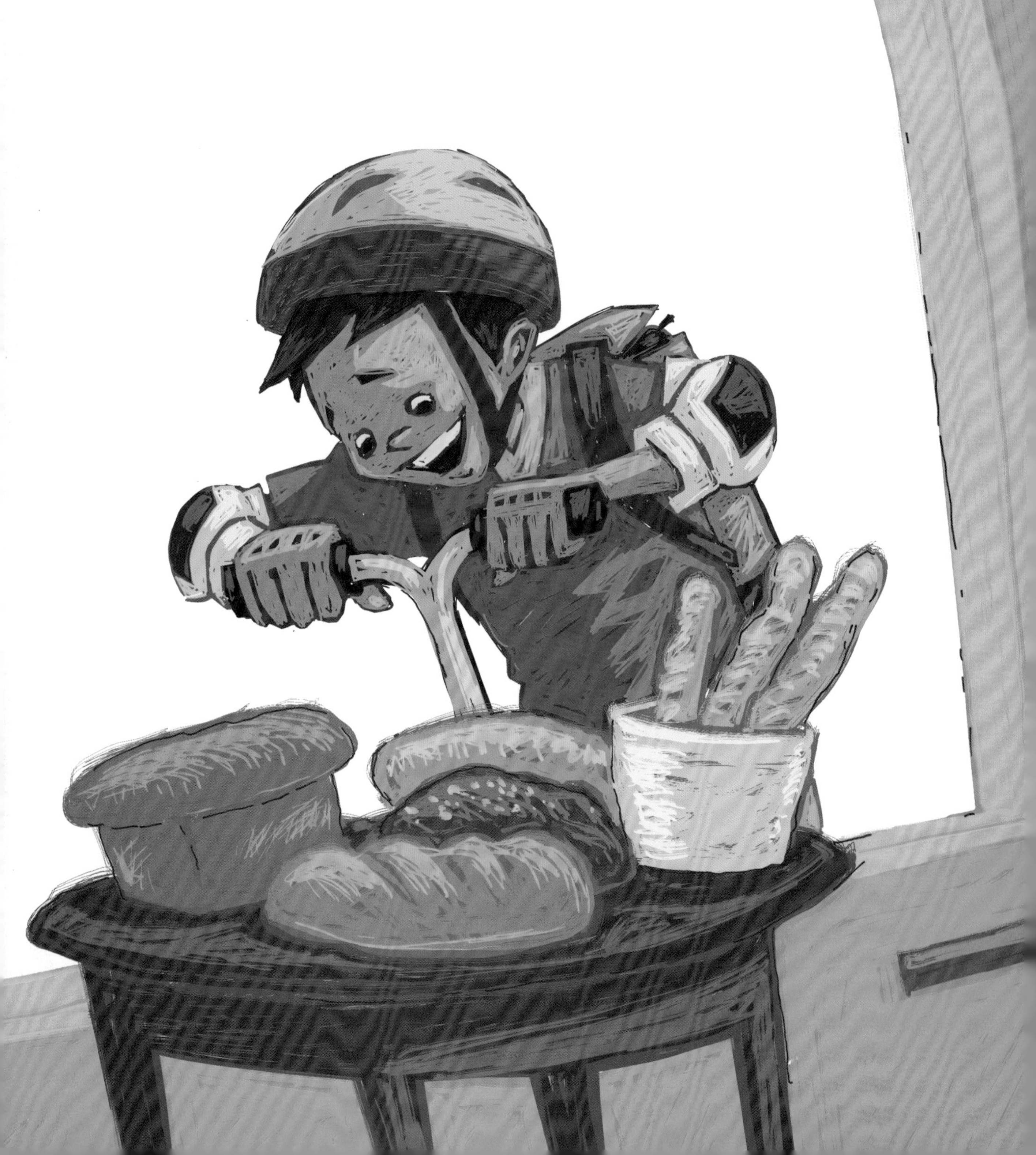

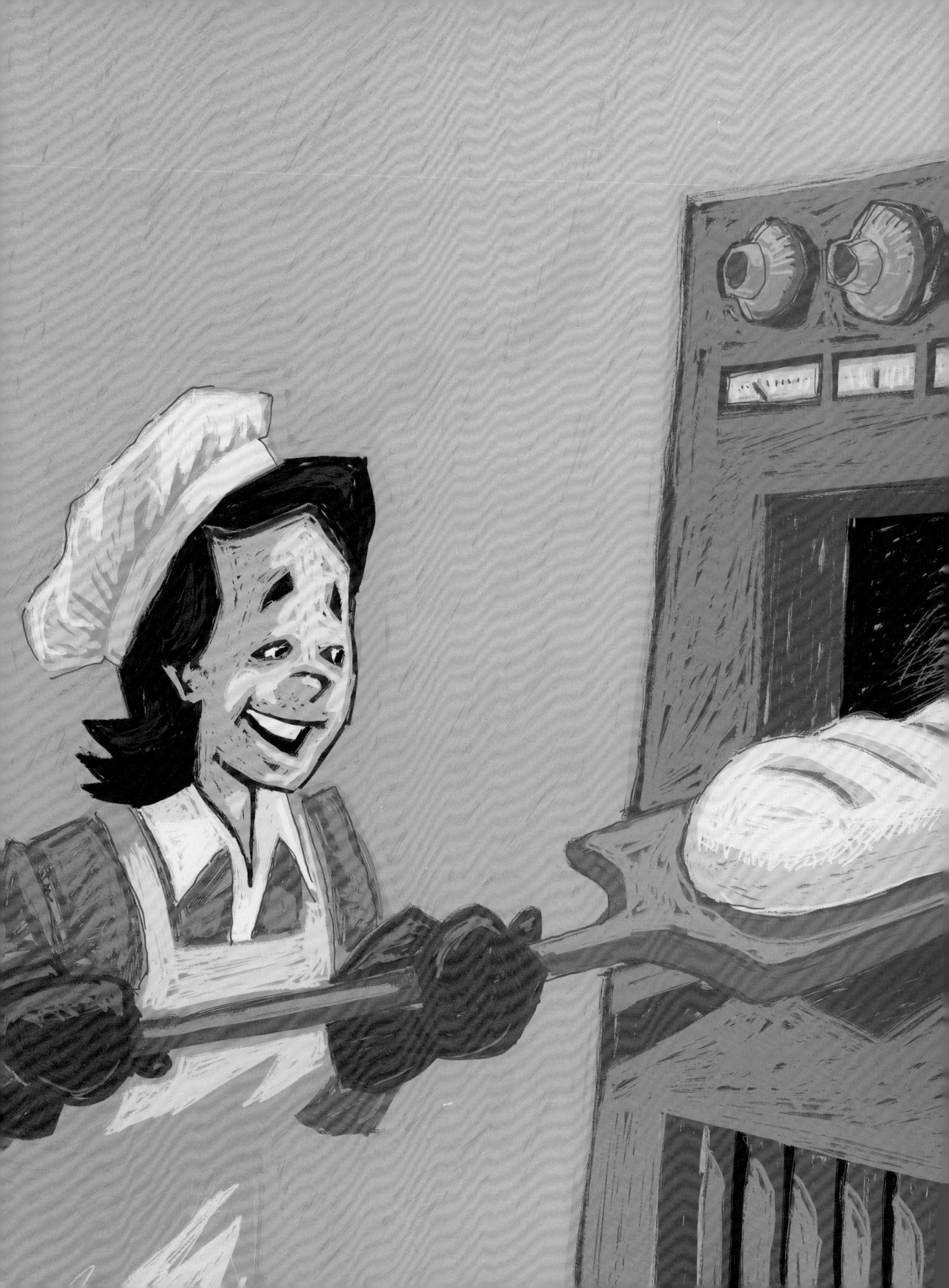

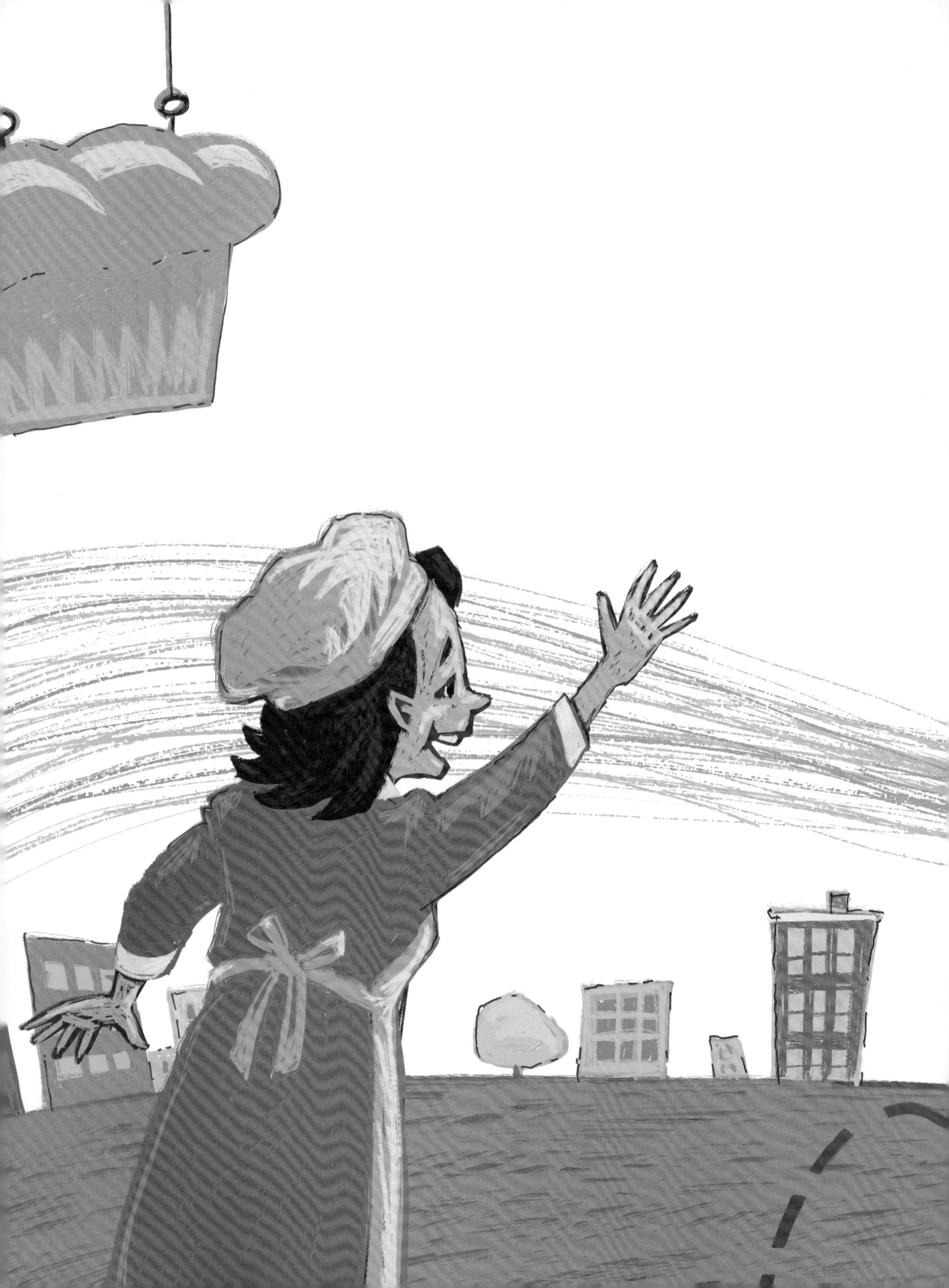

I hop.

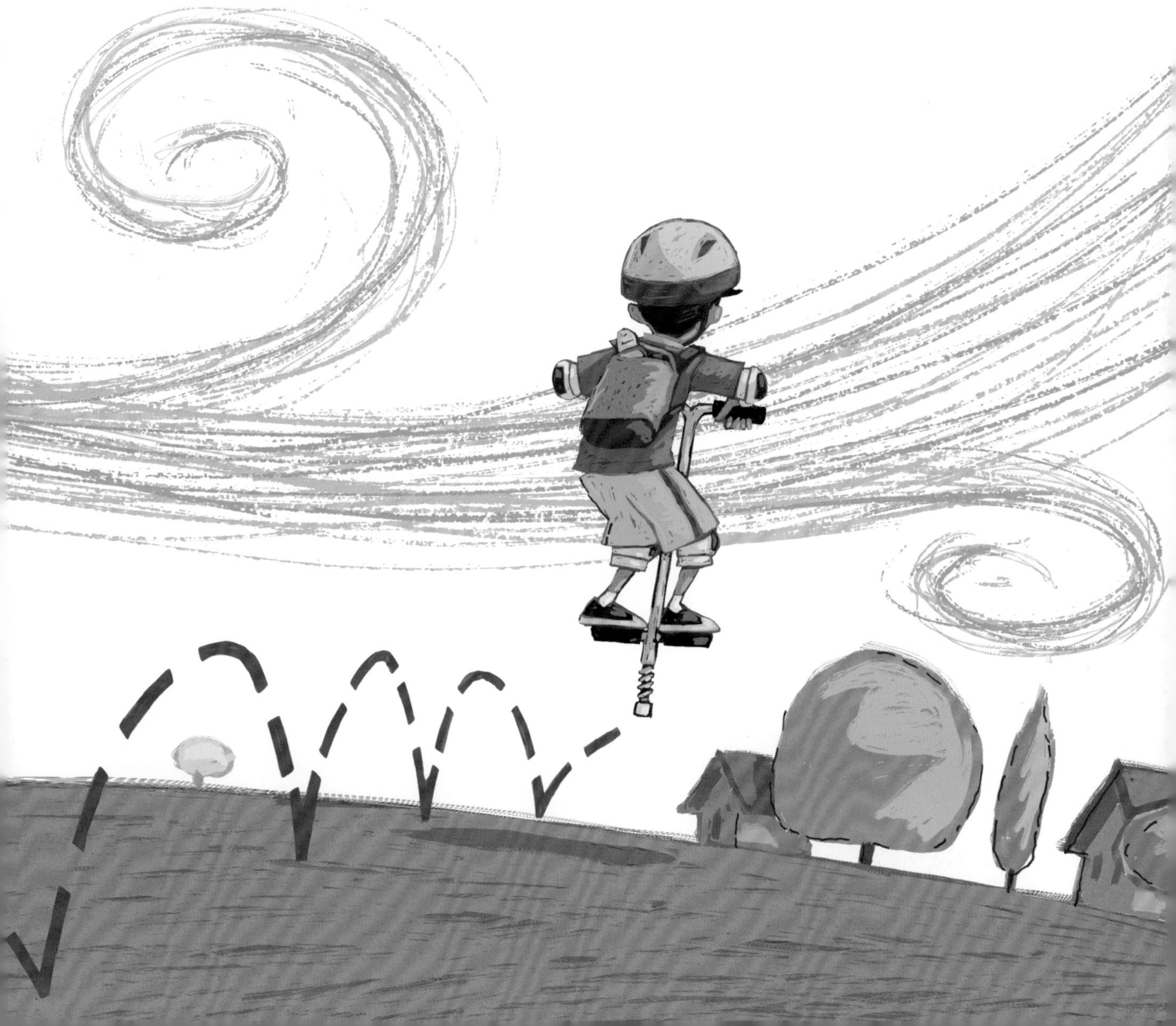

I see Grandma.

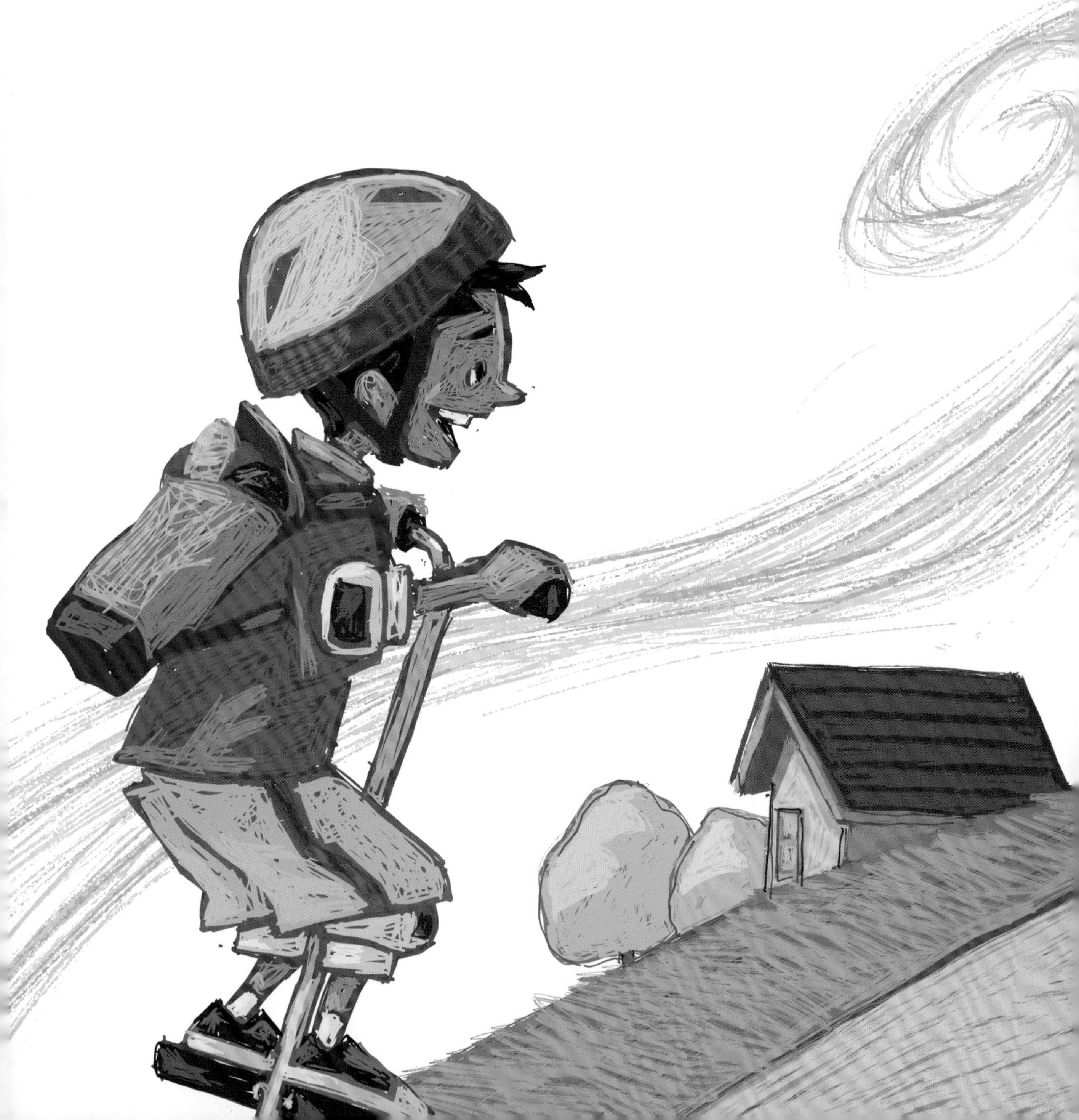

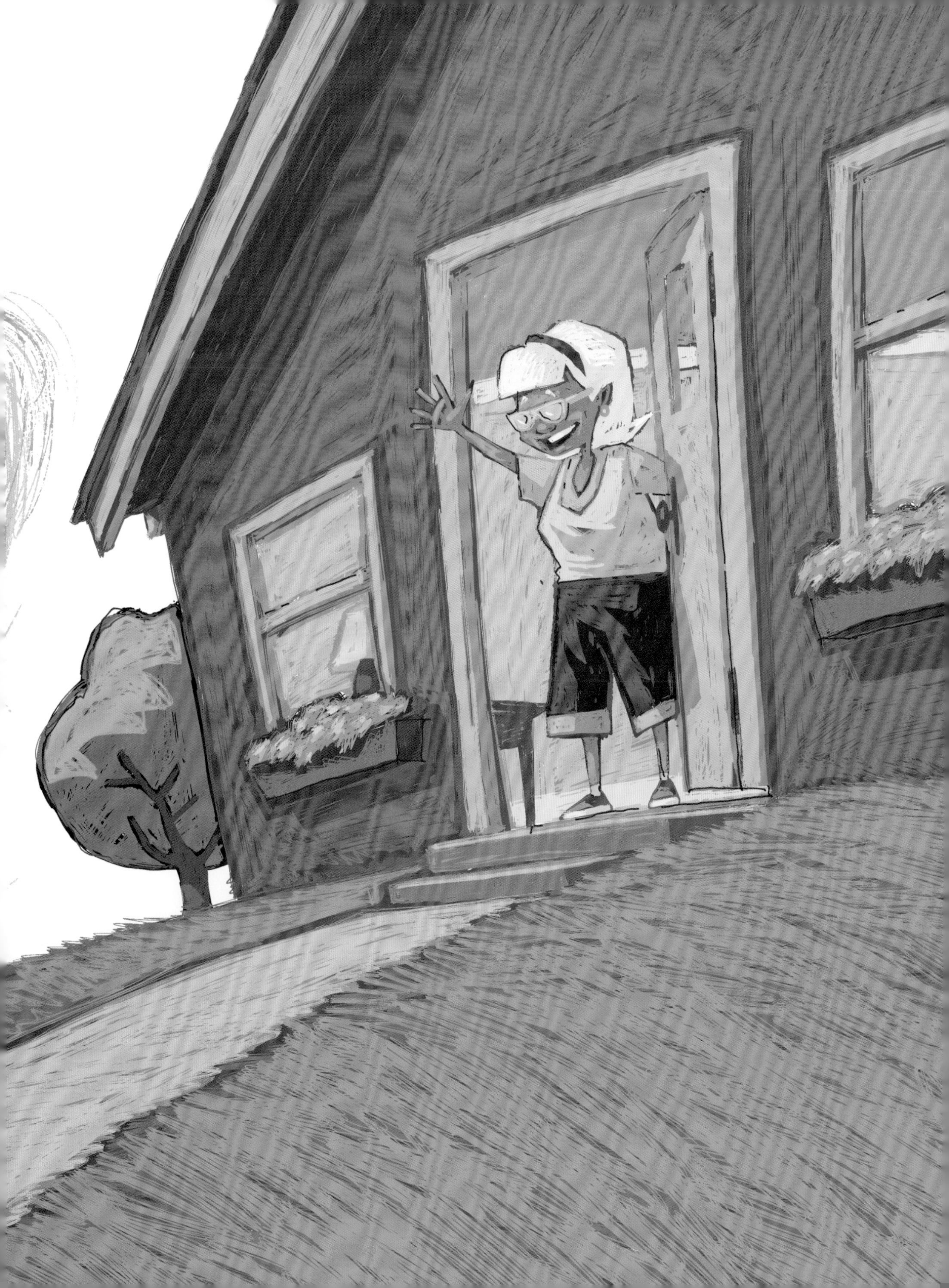

We hop.

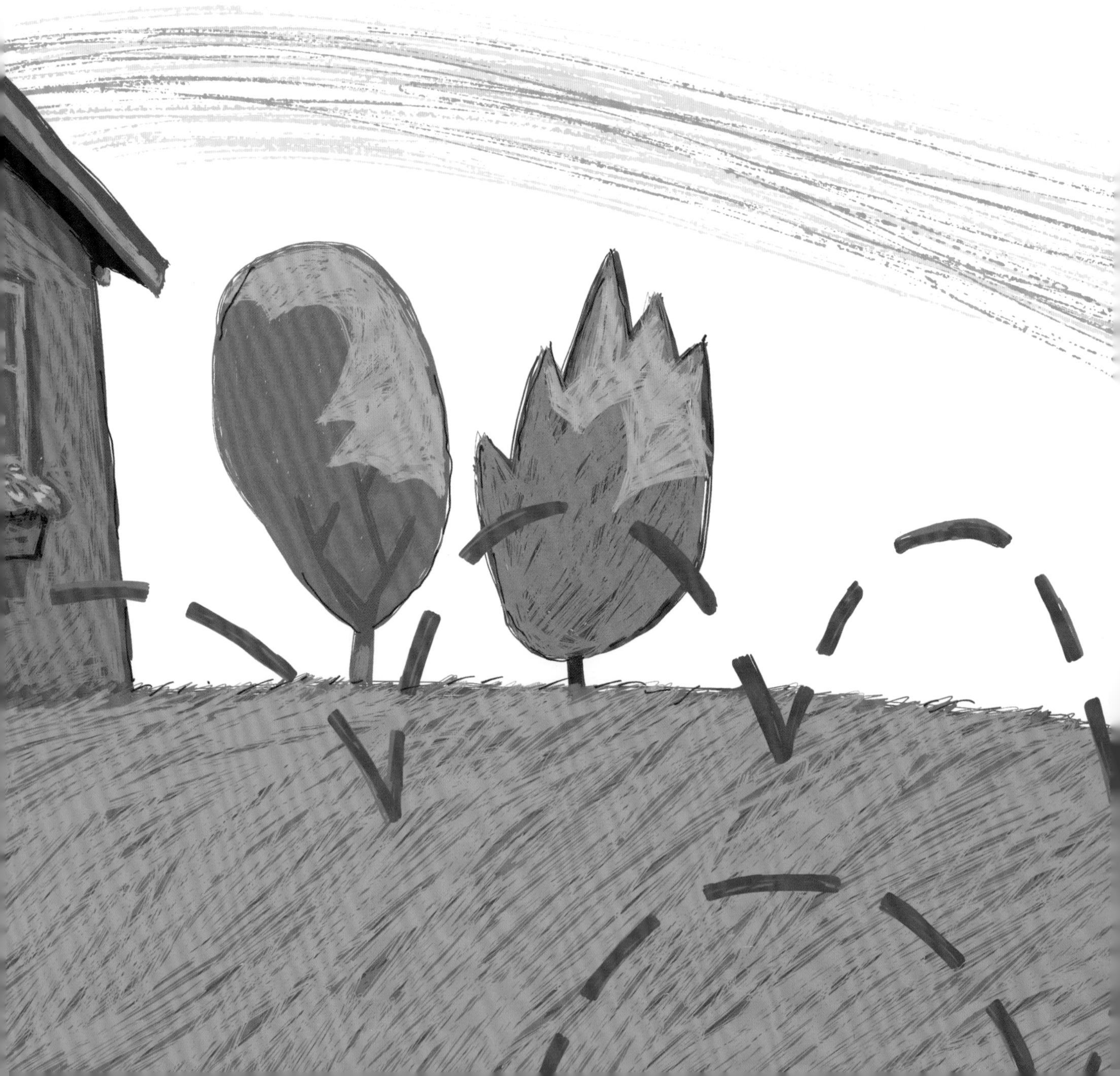

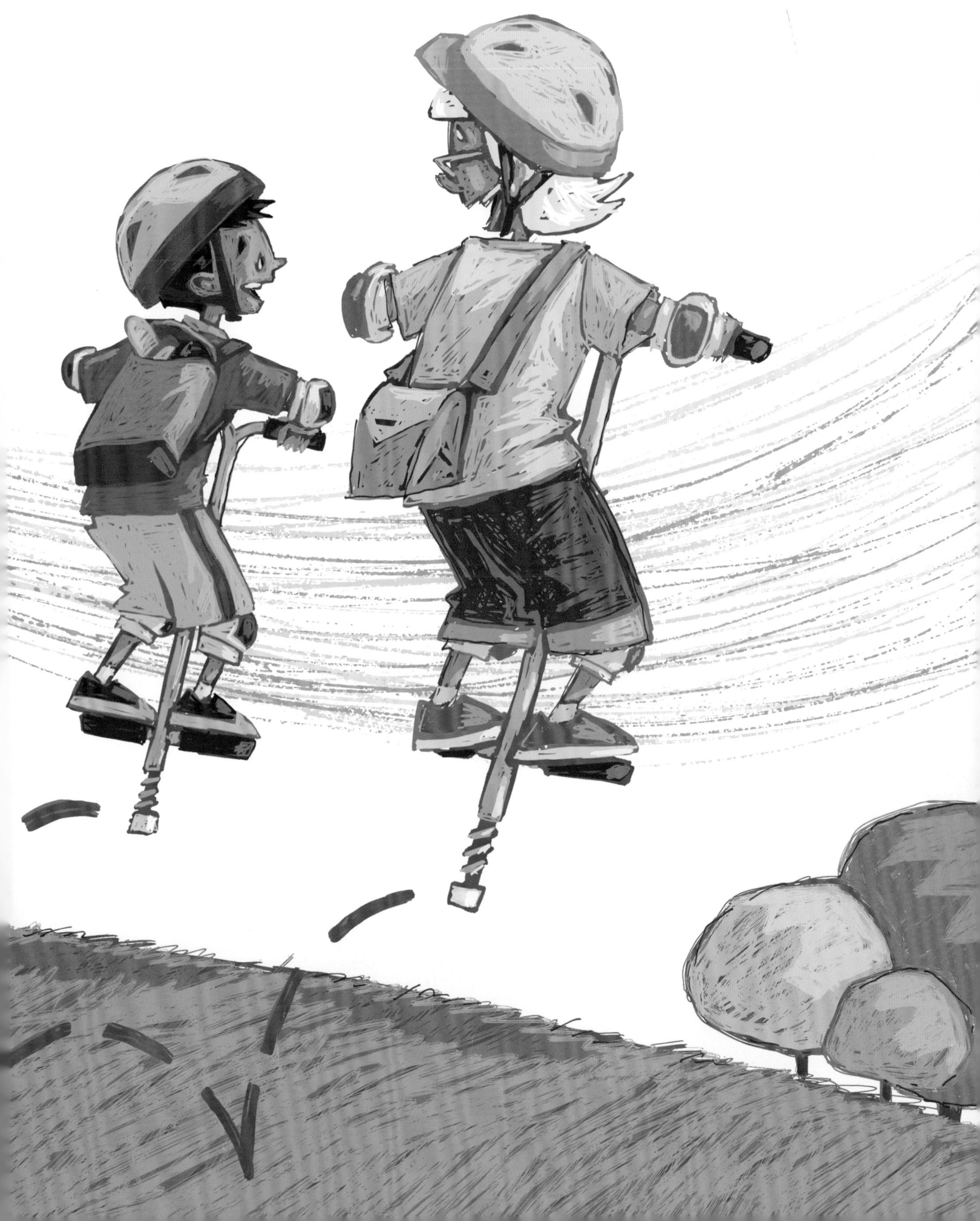

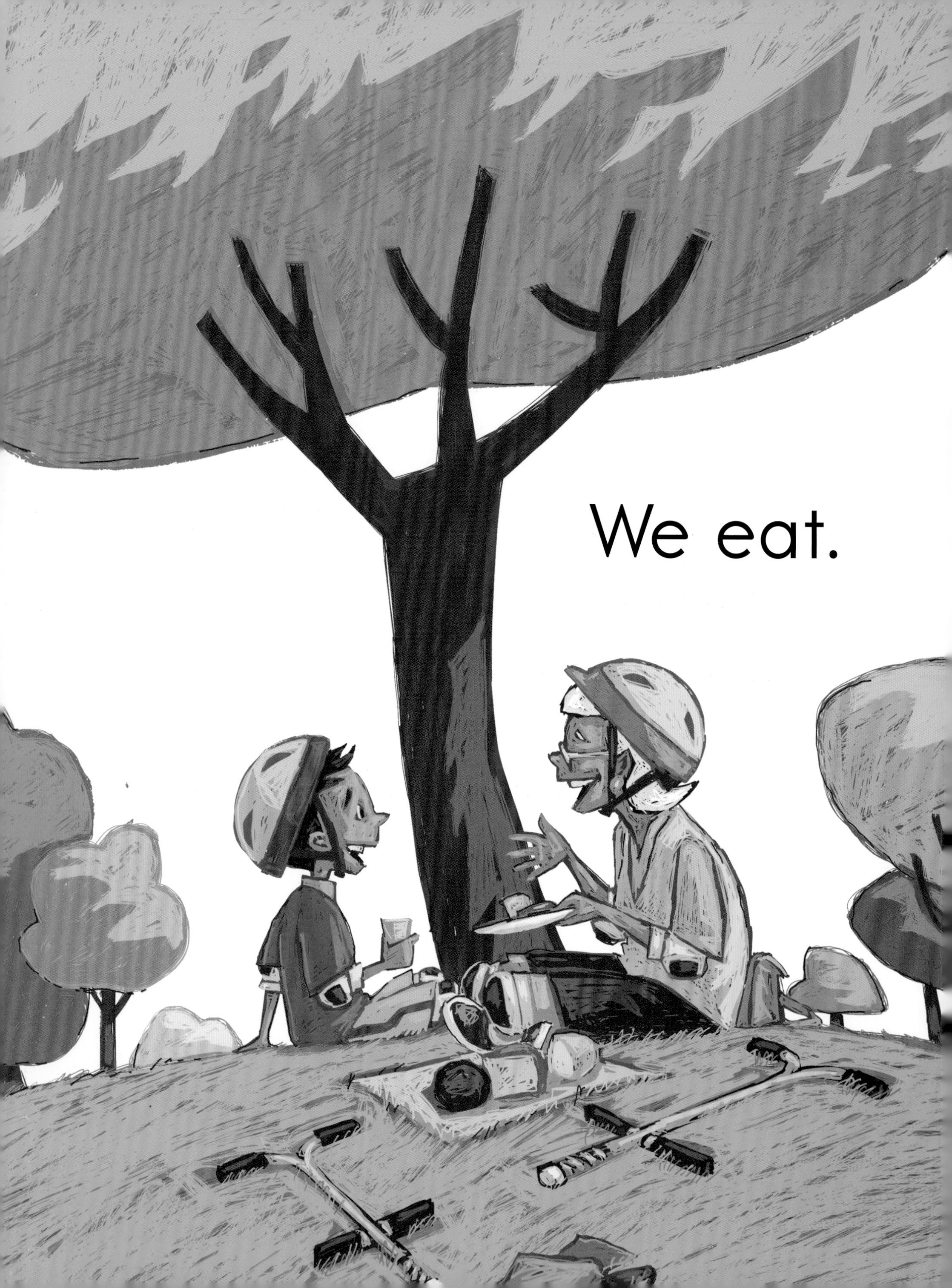

We eat.